T0045494

Adivina lo que es

Lada Josefa Kratky

NATIONAL GEOGRAPHIC LEARNING | CENGAGE Learning®

Usa estas dos alas.

Vive en un nido.

Pone su nido

en estas matas.

¿Es un ave, un mono o un topo?

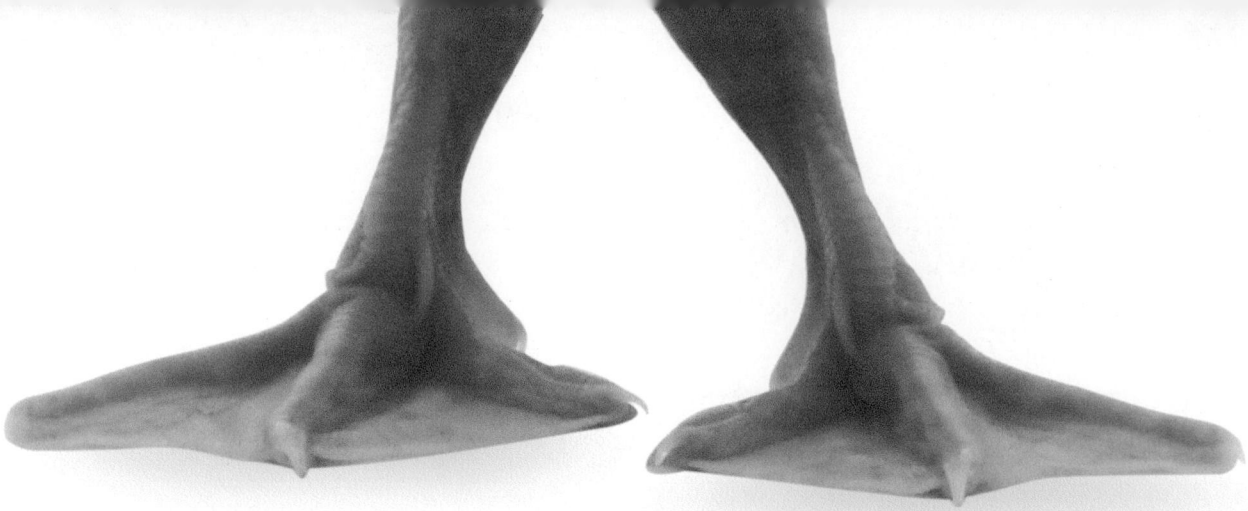

Usa estas dos patas.

Nada bien.

Pone su nido

en estas matas.

¿Es un mono, un pato o un puma?

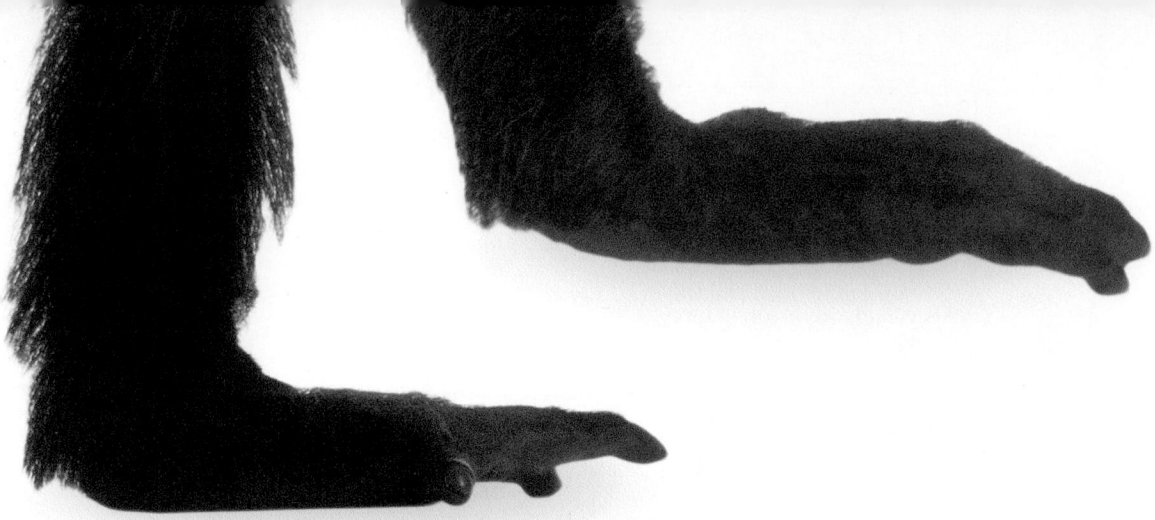

Anda en dos patas.

Vive en lo alto.

Es listo. Es vivo.

Usa estas dos manos.

¿Es un topo, un pato o un mono?

ave

topo

mono

puma

pato